John Pradier

Notes artistiques sur Alger 1874-1875

Antigonos

John Pradier

Notes artistiques sur Alger 1874-1875

Réimpression inchangée de l'édition originale de 1876.

1ère édition 2024 | ISBN: 978-3-38666-367-0

Antigonos Verlag est une marque de Outlook Verlagsgesellschaft mbH.

Verlag (Éditeur): Outlook Verlag GmbH, Zeilweg 44, 60439 Frankfurt, Deutschland
Vertretungsberechtigt (Représentant autorisé): E. Roepke, Zeilweg 44, 60439 Frankfurt, Deutschland
Druck (Imprimerie): Libri Plureos GmbH, Friedensallee 273, 22763 Hamburg, Deutschland

NOTES ARTISTIQUES

SUR

ALGER

(1874-1875)

PAR

JOHN PRADIER

ATTACHÉ A LA DIRECTION DES BEAUX-ARTS

DEUXIÈME ÉDITION

TOURS

IMPRIMERIE ROUILLÉ-LADEVÈZE, RUE CHAUDE, 6

1876

DÉDIÉ

M. Le Marquis DE CHENNEVIERES

DIRECTEUR DES BEAUX-ARTS.

AVANT-PROPOS

Il ne s'agit, ici, que de dépeindre en peu de phrases, la situation artistique d'une ville, telle que cette situation se présente de la manière la plus évidente. En pareil cas, la tâche est moins compliquée, car, s'il suffit d'être exact, l'auteur semble ne devoir se préoccuper que de

poursuivre son travail avec précision.
Il n'a d'autre peine, en réalité, que celle
de raconter fidèlement ce qu'il a vu. —
Résumé fort succinct d'impressions
assez différentes, cette courte brochure
n'est donc, par le fait, qu'un simple
compte rendu de touriste.

L'art, bien que très-cultivé à Alger, n'y
a pas encore acquis, cependant, tout le
développement désirable. Il possède in-
contestablement de grands éléments de
prospérité, mais il lui manque le levier
indispensable qui permet la réalisation de

toute entreprise importante. Disons-le, il lui faudrait un budget spécial qui put être affecté à des dépenses devenues urgentes.

La création d'un musée est chose reconnue aussi nécessaire que l'installation d'un service administratif. Celui-ci, tout en veillant à la conservation du musée, saurait entretenir avec le continent des rapports essentiellement avantageux. Sans vouloir trop embrasser, il pourrait s'occuper avec fruit d'intérêts assez étendus; intérêts très-disséminés, surtout en fait d'art.

Essayer de démontrer l'utilité de ces deux projets combinés, Établissement et Personnel, tel est le but principal de cette étude. — Après avoir jeté un rapide coup d'œil sur la localité, nous examinerons successivement les divers points qui nous intéressent.

Quand on arrive à Alger, on croirait voir
s'élever devant soi une immense carrière de
plâtre. Comment expliquer autrement la teinte
claire et l'uniformité de ses maisons, lesquelles,
échelonnées, au midi, sur une colline escarpée,
ne sont percées que de loin en loin d'ouvertures
imperceptibles servant de fenêtres. Quant aux
portes, on ne pénètre dans chaque habitation que
par des ruelles intérieures. Nous parlons naturellement de la vieille ville, de la vraie cité, de cette

grande masse blanchâtre qui commence à la toiture des boulevards modernes pour finir à la pointe des minarets élancés. Quand nous disons « finir » le cadre est incomplet; la ligne, en effet, se poursuit encore, vers la gauche, jusqu'au point culminant d'où se détache la silhouette majestueuse de la Kasbah.

Les Français ne sont pas en majorité, tant s'en faut; la race indigène prime de beaucoup. Ainsi que dans tout centre de commerce maritime, la population est très-variée; il y a énormément d'Espagnols et d'Italiens. Chaque nationalité habite un quartier respectif et s'en éloigne peu, ce qui fait que la ville offre véritablement l'image d'un grand bazar international. La variété des costumes, la diversité des idiomes et des usages, établissent des différences très-marquées, bien propres à faire ressortir toutes les particularités qui en résultent. Cette dissemblance multiple, si frappante dans les types et les caractères, est rendue encore

plus sensible par la célébration de cultes entièrement opposés (¹).

Ainsi que dans toute contrée favorisée, les An-
glais sont en assez grand nombre; s'ils ont raison
d'aimer le soleil, ils ont tout lieu, ici, d'être am-
plement satisfaits. Comme toujours, à l'exemple du
castor, ils furetent, combinent, solidifient et s'é-
tendent; à défaut de villa, ils se procurent un bout
de mosquée et s'en font un cottage. C'est alors
qu'ils peuvent, à l'abri de leurs pins, considérer
l'horizon sans envie et entonner un GOD SAVE,
sans crainte d'être trop dérangés. Ces beaux fils
d'ALBION ne quittent que de temps à autre *Mustapha supérieur* (²), un véritable EDEN, pour des-
cendre en ville, huchés sur un pimpant roussin

____

(1) Lire, dans *le Revue Africaine*, *l'Histoire générale d'Alger*,
ouvrage très-intéressant du bénédictin FRAY DIEGO DE HAEDO, abbé
de FROMESTA. Cet ouvrage a été traduit de l'Espagnol par MM. les
Dʳ MONNEREAU et A. BERBRUGGER.

(2) Faubourg situé à gauche de la ville, en vue de la mer, sur les
coteaux que commande la KASBAH. Un peu plus loin, abrité du si-
moun par ces coteaux mêmes, entre la route et la nappe bleue, se

coquettement harnaché. Dans cet équipage, ils promènent tranquillement leur flegme, en compagnie d'un parasol doublé de vert; quelquefois milady accompagne. Vous rencontrerez, par là, un troubade errant, une badine à la main; s'il ne chante pas c'est qu'il rêve au pays, en déchiffrant la lettre d'une mère ou le billet d'une fiancée.

Les habitants aiment la campagne, dont ils ressentent la douce influence, pour ainsi dire en toute saison. Comme nous avons pu le voir, par sa position et sa couleur même, la ville a positivement l'air d'un nid d'hirondelles entouré de mousse. Elle n'est environnée que de collines boisées et de plaines verdoyantes qui ne font présumer en rien

trouve le magnifique JARDIN DACCLIMATATION, dit JARDIN d'ESSAI. De l'avis des voyageurs, il n'y a pas, dans le monde entier, d'enclos plus varié, en fait de plantes indigènes. Notons de larges et interminables avenues de bambous , si touffues qu'aux plus lourds moments de la journée, l'obscurité ne cesse d'y entretenir une fraîcheur bien goûtée.

Le JARDIN d'ESSAI est administré par un jeune et savant directeur, M. RIVIÈRE, qui s'empresse toujours d'en faire les honneurs avec la plus grande courtoisie.

l'aridité du DÉSERT, lequel, du reste, est si éloigné qu'il n'est question de lui que fort rarement. Le nombre de ceux qui sont allés à l'AGHOUAT est très-restreint, et l'AGHOUAT est une station, ou village, d'où l'on ne peut même qu'apercevoir le désert.

Non par insouciance, mais en raison de difficultés réelles, on se contente donc d'entreprendre les excursions les plus praticables; comme partout, les chemins de fer s'organisent et l'on s'empresse d'en profiter (1). Le sifflet de la locomotive nous avertit donc, ici comme ailleurs, que le char du PROGRÈS circule à grande vitesse. Mais, en fait de progrès, pour ne parler que de la question qui nous intéresse, contentons-nous

(1) C'est ainsi que, de préférence, le touriste se rend à BLIDAH, tout comme il irait à Fontainebleau, bien que le trajet soit un peu plus long. Après avoir frôlé pendant quelque temps le bord même de la Méditerranée, il est heureux de traverser la luxuriante plaine de la MÉTIDJA, qui se déroule, comme un riche tapis, aux pieds de la gracieuse petite ville. La nature est riante en cet endroit; semblable à une pomme d'or, la mandarine y fait merveille et l'on y voit également des milliers de singes qui se chassent, se pourchassent, s'élançant d'un palmier à l'autre.

de constater tout d'abord le fait suivant : Depuis l'occupation française, la ville possède un lycée de premier ordre (¹), où plus de deux cents élèves suivent actuellement le cours de dessin. Ce cours est placé sous la direction d'un excellent professeur (²). Nous devons reconnaître tout le mérite dont on a fait preuve pour donner une telle impulsion à l'étude de l'ART, dans un pays nouveau, sans la moindre notion préalable. Aujourd'hui, les jeunes ARABES dessinent d'après la bosse et il est vraiment curieux de voir toutes ces petites têtes brunes s'incliner devant le plâtre immortel de quelque héros. Mais silence ! — On

(1) Cet établissement, très-important sous tous les rapports, a été édifié dans le style grec, par M. GUIAUCHAIN, architecte des bâtiments civils.

(2) M. LIOGIER, peintre français, ancien élève de Paul DELAROCHE. Membre correspondant de la Société des artistes, M. LIOGIER réside à Alger depuis plusieurs années. Ce professeur distingué, artiste de beaucoup de talent, a acquis, dans la colonie, par de nombreux tableaux d'histoire fort remarquables, une célébrité bien méritée. Ses charmants paysages au fusain sont également très-recherchés des amateurs.

travaille avec entrain et les demi-dieux posent avec la même assurance que partout ailleurs. Passons! — Mais non pas sans laisser au lecteur une copie du tableau des inscriptions d'élèves, relevé dont on trouvera peut-être intéressant de prendre connaissance.

LYCÉE D'ALGER

ENSEIGNEMENT DU DESSIN D'IMITATION.

Tableau des inscriptions d'élèves, année par année, depuis la création du cours.

1863-1864 : 129 élèves inscrits.

1864-1865 : 143

1865-1866 : 119

1866-1867 : 133

1867-1868 : 130

1868-1869 : 112

1869-1870 : 137

1870-1871 : 174

1871-1872	203 élèves européens.		
	55 indigènes du collége arabe		
	annexés au Lycée.		
	258		
1872-1873	226	id.	id.
	53	id.	id.
	279		
1873-1874	201	id.	id.
	48	id.	id.
	249		
1874-1875	201	id.	id.
	6	id.	id.
	247		

Ce cours est donc en vrai chemin de prospérité ; sa marche régulière et son organisation très-complète, tout autant que la valeur de l'enseignement, doivent naturellement amener de bons résultats.

En 1871, une Commission chargée d'examiner quelques élèves qu'il s'agissait d'envoyer à St-Cyr fut si émerveillée des dessins des candidats qu'elle en fit l'objet d'un rapport spécial.

Disons encore que le maître, fort bien inspiré, a eu soin de collectionner les meilleurs ouvrages de ses élèves; c'est ainsi qu'en temps opportun ces spécimens intéressants ont pu, réunis en album, figurer avec un certain succès à l'Exposition internationale de Vienne. — Pour une jeune école, n'est-ce pas un jalon vraiment remarquable? On n'attend plus qu'avec impatience les figures académiques qui font partie du Cours de dessin publié par la maison Goupil, sous les auspices de notre illustre peintre M. Gérôme, membre de l'Institut. Il n'y a pas non plus trop de retard, on le voit, dans le mode d'instruction.

Le Lycée est placé à droite de la ville, au pied même du Jardin de Marengo. En quittant le magnifique établissement, nous gravissons volontiers la douce pente de cette belle promenade publique, au milieu d'aloès et de figuiers sauvages. Arrivés au sommet, nous rencontrons un assez vaste centre servant de rond-point à quatre jolies allées bordées de palmiers. Le jardin est admirablement tracé. Il renferme un gracieux monument, de forme carrée, entièrement à jour et supporté par de légères colonnes ; la partie haute, décorée de plaques de faïence, est surmontée d'un dôme élégant. Il se peut que cet édifice ne soit pas de fondation fort ancienne et que le style, même, en soit discutable ; l'ensemble n'en produit pas moins un très-heureux effet. Quelques-uns (1) prétendent que JULES GÉRARD, le tueur de lions, y est enseveli, mais aucune épitaphe ne révèle une sépulture. Le silence environnant a sans doute inspiré cette supposition, car aucune solitude ne prête davantage à la méditation et n'offre la plus parfaite image du repos.

Non loin de l'oasis, se trouve la mosquée de SIDI ABD-ER-RAHMAN (2). Cette mosquée, objet de grande

(1) La plupart n'ignorent malheureusement pas quelle a dû être vraisemblablement la triste fin du pauvre Gérard.

(2) SIDI ABD-ER-RAHMAN, célèbre par la sainteté de sa vie, autant que par son courage à la guerre. Il a laissé de nombreux

vénération, est contiguë au Jardin de Marengo, par un talus élevé formant terrasse. Au sortir du lieu de promenade, on y arrive, en redescendant, par une ruelle tortueuse, presque toujours encombrée de mendiants, l'œil atone et la main fiévreuse.

traités théologiques (Né en 1387, mort en 1471). — La mosquée dans laquelle est son tombeau remonte à l'époque de sa mort. Selon quelques auteurs, c'est, après la Grande Mosquée, l'un des plus anciens monuments de la ville.

P. S. — A propos d'antiquités architecturales, classons, parmi les vestiges vraiment curieux, la très-remarquable porte qui sert actuellement d'entrée au BUREAU de la COMPTABILITÉ de la MARINE. Cette porte était autrefois celle d'une forteresse qui devait probablement représenter la clef principale de la ville.

Une grande partie de cette forteresse est encore debout, battue par les flots, à quelquespas de l'élégant PAVILLON de l'AMIRAUTÉ, où réside, eutouré d'honneurs glorieusement conquis, M. le contre-amiral Le Normant de Kergrist. (*Novembre* 1874.)

L'inscription suivante, qui contribue beaucoup, elle-même, à la décoration de la porte, n'est pas sans intérêt, et nous avons cru devoir en offrir la traduction.

MM. Zibelly et Jacquet, employés comptables de la Marine, ont bien voulu, en temps et lieu, se charger de nous procurer cette traduction ; nous la devons donc entièrement à leur extrême obligeance.

En voici la copie textuelle :

« Cette forteresse redoutable a été construite pour repousser les
« ennemis du Dieu très-puissant. Ses flancs jetteront la mort
« (l'enfer) contre tout oppresseur et l'accableront de leur feu.
« L'astre de cette forteresse se lève radieux à l'horizon.

Le pinceau d'un DECAMPS ou d'un GOYA pourrait, seul, représenter la scène. Dédale inextricable, murs décrépits, haillons transparents, béquilles rompues, tout le réceptacle de la plus affreuse misère. Dans une attitude pleine de résignation, une jeune infortunée semble balbutier une prière qui

« Elle a été bâtie sous le gouvernement de celui dont on ne doit
« pas cesser de louer les actions, du Pacha ALI-BEN-OUSSEIN le
« puissant, dans le mois de Chaaban, dont le bonheur n'a pas
« cessé de se faire sentir, de l'année 1124.
« *O, mon Dieu, accorde-nous la victoire !*
« *Il n'y a de Dieu que Dieu : Il est le vrai Roi.*
« *Mahomet est le vrai Prophète de Dieu.* »
L'inscription est encore très-visible et le relevé en a été fait par le gardien du bureau des comptables de la Marine, très-serviable indigène, dont la signature ci-dessous distraira sans doute, un moment, les yeux du lecteur.

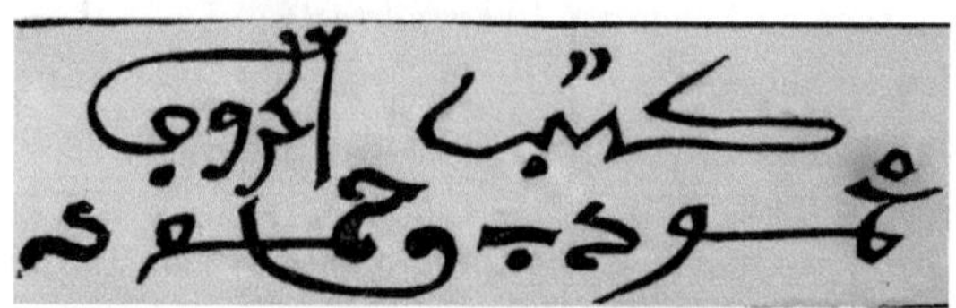

Nous ignorons le nom du traducteur ; mais il est permis de supposer que M. le professeur d'arabe du Lycée doit le connaître mieux que personne !

Une aquarelle de cette porte a été faite, pendant notre séjour, pour la Société d'Archéologie du Ministère de l'Instruction publique.

doit être de tous les instants. Ses traits altérés n'ont jamais été éclairés du sourire même le plus fugitif. — Fleur à peine éclose et déjà languissante! Courte et pâle apparition sans aurore bénie! — nous approchons... l'endroit est désert.... C'est ici que le Marabout sommeille en paix, à l'ombre de ses étendards pieusement conservés, silencieux témoins du fanatisme des uns et de la curiosité des autres.

Le spectacle varie souvent et se présente toujours d'une manière aussi originale qu'inattendue, sous une forme tantôt calme et gracieuse, tantôt saisissante et animée; aspect indescriptible, tour à tour sévère, gai, imposant ou burlesque; énorme kaléidoscope vivant dont l'objectif se renouvelle à l'infini, en bigarrures incohérentes et bizarres, comme un monde extraordinaire qui, sans cesse, grouille, chante, rit, pleure ou dort. — Mais, reposons-nous un instant près de l'arcade enluminée de cet élégant café More (1); tout en humant le pur moka, nous ferons un léger croquis. — Ici, une kyrielle de joyeux enfants accompagnent leurs mères dont les grands yeux veloutés semblent, tous, avoir été taillés sur le même patron ; aussi, habituées dès l'enfance à ne découvrir, hors du logis, que cette seule partie du visage, paraissent-elles, toutes, également belles. Les rivalités ne s'exercent qu'à domicile ; dehors il y a trève de partis. Revenant de la fontaine, comme REBECCA, elles ont si bien conservé l'allure noble et mesurée, la physionomie distinctive et harmonieuse des femmes de la Bible, que l'étranger les salue au passage avec autant de respect que d'étonnement. Là, au son du tambourin et suivis de quelque jeune panthère, des danseurs NUBIENS parcourent les faubourgs, d'un carrefour à l'autre,

______

(1) C'est toujours avec intention que nous écrivons ainsi ce mot, car Maure, selon nous, ne semble devoir s'appliquer qu'aux individus. L'alternative a fait l'objet de discussions assez répétées pour que nous nous croyions dans l'obligation d'opter ainsi.

en décrivant des circuits insensés, avec une rapidité étourdissante et sans jamais se lasser, ou bien c'est un troupeau qui croise un chariot de campagne, traîné par des mules; l'attelage est dirigé tant bien que mal, à l'aide d'une gaule, par un rural philosophe en sarrau brun; les jambes du personnage sont nues et sa tête cuivrée est enveloppée d'une écharpe jaunâtre dans laquelle elle se dérobe presque entièrement. Plus loin, on aperçoit une escouade de spahis lancée à fond de train, sur la route qui surplombe à cent pieds de la mer; le vent s'engouffre dans leurs manteaux écarlates, dont les larges plis viennent fouetter l'air, en mettant à découvert des armes étincelantes; tout à coup, le terrain fait pente et nos cavaliers disparaissent, comme une trombe, au milieu d'un nuage de poussière ; quelques instants après, leur silhouette aventureuse, aux contours hardis et nettement découpés, surgit de nouveau et se détache, enfin, une dernière fois, sur la teinte claire d'un horizon sans pareil.

Le Pittoresque est partout, ici ; il suffit de re-
garder attentivement [pour l'apercevoir .de loin
comme de près. Par le charme de la couleur, autant que par la dinstinction de la ligne, un tel pays
semble bien fait pour séduire une quantité d'artistes
et captiver sérieusement leur attention. A ce sujet,
les Grands Prix de Rome ne pourraient-ils pas
être admis à passer quelques semaines, au moins,
à Alger? — Les avantages présentés très-certainement par cette proposition ont sans doute été
maintes fois signalés et le développement que
comporte la question entière paraît chose si aisée
qu'on doit juger tout à fait inopportun d'en fati-
guer le lecteur. Bornous-nous à laisser entrevoir
que cette proposition semble se relier d'une manière parfaite à celle d'un service administratif
installé dans cette ville. Sans devenir positivement
succursale de la villa Médecis, le nouvel établissement n'en offrirait pas moins aux pensionnaires
de Rome la certitude d'utiles renseignements, en

même temps que l'assurance d'un appui très-avan-
tageux.

Cependant beaucoup de personnes s'étonneront
sans doute qu'il puisse être sérieusement question
de BEAUX-ARTS dans une ville, en plus grande
partie, toute AFRICAINE. Il en est pourtant ainsi.
Alger compte en effet, divers établissements très-
importants, bien propres à favoriser le développement de l'art, notamment plusieurs écoles de dessin
fort bien dirigées, et une Société particulière, dite
Société des Beaux-Arts, dont la valeur est considérable et l'activité exceptionnelle. Alger possède
également un théâtre de premier ordre.

Quand à un musée, c'est ici qu'il devient difficile
de s'entendre.

Peu de temps après la conquête, l'ÉTAT s'est
rendu acquéreur d'une fort belle maison MORESQUE,
qu'il a érigée à la fois en bibliothèque et en musée.

Cette maison n'a subi d'autre transformation intérieure que celle nécessitée par le classement des livres, car il va sans dire que, de jour en jour, il a été reconnu de plus en plus impossible d'y placer aucune des toiles offertes à la ville par le Gouvernement. Ces toiles sont, la plupart, de grande dimension et tout le monde connaît la disposition des maisons moresques, lesquelles sont composées de pièces extrêmement restreintes, s'ouvrant seulement sur une cour intérieure qui ne peut leur communiquer qu'une faible lumière. C'est fort bien combiné, quant au climat, mais c'est très-incommode pour y organiser la moindre installation un peu importante. Le Service de la Bibliothèque, déjà trop à l'étroit, est tout aussi embarrassé d'y trouver ses aises, en raison même de l'obscurité.

Sur les dalles de la cour, dans l'entourage d'une végétation exhubérante, plusieurs débris archéologiques sont répandus avec un certain art. Ils remontent, naturellement, tous, à l'époque de la

Domination romaine. Parmi eux, on distingue quelques tronçons de statues non sans mérite ; principalement le torse de la Vénus de Cherchell (¹), morceau vraiment remarquable qui, par son caractère plein de grandeur, se rapproche beaucoup de la Vénus de Milo. Il est regrettable que ce ne soit qu'un torse, l'illusion serait plus complète. En parcourant l'établissement et en cherchant bien, on découvre, relégué au grenier, un portrait équestre peint par Vernet, portrait que nous examinerons avec soin, car il offre beaucoup d'importance (²). Mais, malgré l'excellence de chaque ouvrage, un si petit nombre d'objets d'art ne saurait justifier, d'une façon suffisante, l'épithète de Musée, même avec le concours de quel ques dons particuliers, d'une valeur également très-réelle (³).

On se demande alors ce que sont devenus les

(1) Voir page 55.
(2) Voir page 50.
(3) Voir page 52.

dons qui ont été faits par le Gouvernement, depuis une vingtaine d'années environ ? Rassurons-nous, ils sont en bon lieu, nous les trouverons à la Société des Beaux-Arts (1).

La Société des Beaux-Arts d'Alger est une société tout à fait indépendante. Conformément à la clause principale de ses statuts, elle se compose uniquement d'amis des lettres, des sciences et des arts; divisés en membres résidents, correspondants

(1) M. Laperlier, président honoraire de cette Société, dont il n'a cessé de se montrer le conseiller éclairé, tout autant que le mécène, doit être considéré comme le véritable protecteur des Arts, en Algérie. Aussi, la France peut être reconnaissante à l'un de ses enfants, de faire journellement un si bel usage d'une grande fortune, unie aux qualités diverses les plus brillantes.

Le Directeur actuel, M. Gasson, joint à des connaissances spéciales un dévouement sans égal, et ces avantages incontestables ne le cèdent en rien à ceux de son très-généreux et très-savant prédécesseur. M. Gasson est administrateur, comme pas un ; nul mieux que lui, ne s'entend à faire les honneurs d'un concert ou d'une exposition ; il est vrai que la plupart des dames sont françaises.

et honoraires. Le rôle de cette Société est très-actif, ainsi que nous l'avons déjà signalé, et l'on ne saurait mieux s'en persuader qu'à la lecture de l'abrégé suivant, émané d'elle-même :

« Notre tâche, dit-elle si noblement, doit être de répandre et de propager dans la population algérienne le goût et la connaissance de l'art.

« Les beaux-arts ont acquis dans la civilisation des peuples une place considérable que l'Algérie veut leur accorder à son tour, rendant ainsi hommage aux aspirations de l'esprit moderne qui s'inculque chaque jour davantage dans ce pays, et lui impose l'obligation d'aborder enfin, pour la résoudre, la grande question des arts.

« C'est pour la résoudre, en effet, que la Société des Beaux-Arts s'est constituée; c'est pour faire aimer les arts et en favoriser l'étude qu'elle s'applique à réunir des collections, des modèles.

« Peut-être lui sera-t-il donné d'avoir la bonne

fortune de susciter quelques vocations, de tirer de la foule quelques talents et d'ouvrir à l'intelligence de tous un parcours plus vaste, un horizon plus étendu ; c'est son désir le plus grand, ce sera son but le plus assidûment poursuivi.

« C'est par l'enseignement qu'elle prétend d'abord entrer dans la voie qu'elle s'est tracée ; l'étude du dessin, de la peinture et de la sculpture, celle des lettres, des sciences, de la musique, seront l'objet de sa plus sérieuse attention.

« La Société, qui veut aussi se récréer des talents qu'elle aura su former ou de ceux qui seront venus à elle, saura, par l'institution de concours et d'auditions artistiques, faciliter en même temps à tout élève, à tout amateur suffisamment avancé, le moyen de se produire, de se parfaire ; enfin, de soumettre son talent à l'appréciation bienveillante d'une assemblée composée uniquement de la famille des beaux-arts, c'est-à-dire des membres de la Société.

« Des conférences dont l'objet sera scrupuleusement choisi, des lectures littéraires à haute voix,
des expositions de tableaux et d'objets d'art fréquemment renouvelées, viendront contribuer à
l'intérêt de l'institution et fournir d'amples dis-
tractions à ses adhérents.

« En un mot, le fonctionnement de la Société
des Beaux-Arts se résume dans les énoncés ci-
après :

« 1° Acquérir et collectionner des œuvres d'art
originales, des ouvrages utiles, des modèles et des
méthodes d'enseignements ; réunir des matériaux
et des documents devant aider à son entreprise ;

« 2° Enseigner progressivement tout ce que
comporte le but en vue duquel elle s'est formée ;

« 3° Provoquer, encourager toute tentative
artistique, même en dehors de son centre d'action
propre, quand elle le jugera à propos ;

« 4° Accueillir les visiteurs étrangers, les aider de ses conseils et de son expérience sur les choses ayant trait aux arts en Algérie ; les aider encore en mettant à leur disposition ses collections particulières, ses locaux, ses ateliers de travail.

« Pour remplir son programme, la Société se place moralement sous le patronage des gens de savoir et de goût, des amis et des protecteurs des lettres et des arts ; elle fait particulièrement appel à ceux qui les aiment, les cultivent ou les professent. »

Au chapitre de ses dispositions générales, nous lisons également ceci qui n'est pas sans importance :

« ART. 25. — Dans le cas où, pour une cause quelconque, la Société serait dans la nécessité de se dissoudre, la ville hériterait des collections artistiques et du matériel de la Société, sous les réserves suivantes :

« 1° Les créanciers de la Société seraient en premier lieu intégralement désintéressés ;

« 2° Les objets qui, par leur nature purement matérielle, ou, bien qu'artistiques, seraient détériorés et reconnus indignes de figurer dans un musée, seront mis en vente, et leur produit affecté à une œuvre utile aux Beaux-Arts en général ;

« 3° Les autres objets en état de conservation, tels que tableaux, gravures, etc., reconnus susceptibles de prendre place dans un musée, devront être, pendant deux ans au moins, conservés par la ville, pour être mis, le cas échéant, à la disposition d'une nouvelle société des Beaux-Arts qui viendrait à se former, dans ce laps de temps. Passé ce délai, la ville d'Alger en aurait la propriété exclusive, lui donnant le droit de les réunir d'une manière définitive à ses collections. »

Il est indispensable d'examiner en détail une telle organisation parce que l'intérêt qu'elle présente se rattache, lui-même, entièrement à la prospérité actuelle des arts en Algérie. Elle en est du moins, ici, l'unique sauvegarde. Cette organisation est d'ailleurs si bien comprise que nous trouvons tout avantage à en parler, non dans la pensée de la soumettre, comme modèle, à l'appréciation d'autres villes, mais bien dans l'espérance d'attirer l'attention du lecteur sur un sujet d'étude si digne de lui être signalé.

Nous continuons donc.

La Société des Beaux-Arts comprend trois sections, savoir :

1re Section, Arts du Dessin;
2me Section, Musique;
3me Section, Sciences et Lettres.

Chacune de ces sections est représentée par une

Commission permanente et la direction supérieure de la Société demeure confiée à un Conseil d'administration auquel appartient l'initiative de tout projet. C'est dans son sein que s'élaborent les budjets, que se contrôlent les opérations financières; le Conseil d'administration rédige également les rapports, examine les propositions d'admission et convoque ou décrète, selon que l'intérêt général le réclame.

Les ressources ordinaires de la Société sont alimentées par le versement auquel sont astreints tous ses membres, les membres correspondants et honoraires exceptés.

On compte trois catégories d'enseignement, sous la dénomination de Cours mixtes, Cours libres, Cours gratuits; différentes salles sont affectées à ces Cours dans le local de la Société.

Les Cours mixtes n'admettent que 'les Sociétaires; cependant la classe de solfége élémentaire reçoit aussi des personnes étrangères à la Société. Ces cours comportent, en plus de la cotisation comme sociétaire, une contribution mensuelle. Les professeurs des COURS MIXTES sont aux appointements de la SOCIÉTÉ et la redevance des élèves rentre au fonds commun de la caisse.

Les COURS LIBRES sont naturellement, selon leur dénomination, ouverts à tous, sous condition, cependant, pour chacun, du paiement, comme pour les COURS MIXTES, d'une contribution acquise au professeur.

Les COURS PUBLICS, de même que les conférences, sont à titre entièrement gratuit.

TABLEAU DES COURS

INDICATION DES COURS ET DES CONFÉRENCES.		A QUI LES COURS sont destinés.	NATURE de chaque COURS.	PERSONNES appelées à participer A CES COURS.
ARTS DU DESSIN				
Dessin d'imitation		Dames.	mixte.	sociétaires.
		Hommes.	mixte.	sociétaires.
Modelage (suspendu momentanément)		Hommes.	mixte.	sociétaires.
Étude du paysage à la campagne. . .		Dames et hommes.	gratuit.	sociét. et autres.
SCIENCES & LETTRES				
Conférences scientifiques et littéraires.	Histoire . . Géographie Physique. . Chimie. . . Littérature.	Dames et hommes.	gratuit.	sociét. et autres.
MUSIQUE				
Solfége supérieur		les deux sexes.	mixte.	sociétaires.
Solfége élémentaire		les deux sexes.	mixte.	sociét. et autres.
Cours de chant.		Dames. Hommes.	gratuit.	pour les personnes des chorales.
Répétitions pour	l'Orchestre . . . . . . la Chorale hommes . . la Chorale dames. . . les Chorales réunies.	Orchestre. Chorale hommes. Chorale dames. Chorales réun.	Travaux en dehors du cours.	sociét. et autres.
Cours de piano.		Dames, hommes.	libre.	sociét. et autres
Cours de violon		Hommes.	libre.	sociét. et autres.

ENSEIGNEMENT SUPPLÉMENTAIRE

Cours de maintien et de danse. . .		les deux sexes.	libre.	sociét. et autres.

Le Conseil d'Administration comprend fort bien la tâche qui lui est imposée ; il veille avec la plus grande sollicitude aux bases de l'instruction, sans chercher à s'immiscer outre mesure à telle ou telle manière d'enseigner de tel ou tel professeur.

Ceux-ci, toujours choisis dans un groupe d'hommes d'un mérite reconnu, se sentent ainsi plus à l'aise et, leur amour-propre se trouvant tout à fait engagé, ils ne négligent rien pour rendre leur enseignement aussi intéressant que profitable. Les études sont dirigées, avec une certaine sévérité, ce qui doit exister dans toute école bien administrée, parce que cela maintient la juste autorité indispensable au professeur, tout en inspirant plus de respect pour l'éducation elle-même. Empressons-nous d'ajouter que le nombre des élèves est très-considérable et qu'il varie généralement peu.

La Société des Beaux-Arts d'Alger représente

donc, comme on le voit, une véritable Académie, laquelle semble être la pépinière d'une jeunesse studieuse, qui vient y goûter, au même niveau que l'enseignement, l'encouragement et la récompense. De sérieux avantages sont dus également à l'appui désintéressé de MM. les membres correspondants. On ne doutait point que tant d'efforts, si bien dirigés, si bien entretenus, ne fussent couronnés de succès et c'est, en effet, ce qui s'est réalisé; il ne pouvait en être autrement sous l'heureux patronage des notabilités les plus recommandables, aussi bien par le talent que par la naissance ou la fortune.

Cependant, cette société n'en reste pas moins une société particulière, et elle n'aurait très-certainement pas la prétention, par conséquent, de suffire, sans aide aucun, à toutes les exigences qu'une complication de plus lourdes charges amènerait infailliblement. Elle a bien voulu consentir à recevoir, à titre de dépôt, les tableaux qui n'ont pu trouver place à la Bibliothèque-Musée, mais, en raison même de l'emplacement relativement modeste qu'elle occupe, il lui serait bien difficile, malgré sa bonne volonté habituelle, de donner désormais asile à de nouveaux envois.

Par ce que nous venons de voir, les dons qui ont été faits se seraient trouvés, sans la Société des Beaux-Arts, à la merci des événements les plus imprévus. Ceci est de toute notoriété. Les représentants de cette société font acte de bienveillance et de générosité, depuis des années, en abritant, à leurs frais, une propriété qui n'est pas seulement la leur; jusqu'à un certain point, ils en disposent chez eux à leur gré, c'est incontestable; mais, en revanche, ils en sont rendus principalement responsables de la manière la plus sérieuse comme la plus gênante.

Dans tous les cas, cette situation ne convient sans doute pas et, tout en signalant très-humblement à qui de droit quelques-uns des côtés qui peuvent en paraître fâcheux, nous regrettons, avec beaucoup de personnes, que la ville d'ALGER ne soit pas dotée d'un musée véritable, d'un musée spécial, entièrement en rapport avec l'importance de la localité, et tout à fait digne, en un mot, des œuvres qui lui ont été offertes.

Voici la liste de ces œuvres (1) :

CATALOGUE DES OBJETS D'ART

Donnés à la ville d'Alger par le Gouvernement (2).

PEINTURE

Tous les tableaux suivants sont exposés à la SOCIÉTÉ DES BEAUX-ARTS.

(1) Cette liste n'est complète qu'en ce qui concerne les dons de l'État. Il nous a fallu, forcément, beaucoup éliminer dans l'énumération des dons particuliers. Cette énumération accompagne le catalogue; nous n'y parlons donc que des objets qui nous ont paru mériter d'être joints à la présente collection, composée des envois successifs du gouvernement, et de figurer plus tard, à côté de ces envois, dans un musée léfinitif.

(2) Ce catalogue a été rédigé sur place, en novembre 1874 ; il

Le portrait équestre du prince LOUIS-NAPOLÉON, *président
de la République, fait seul exception (n° 19).*

1. — GINAIN (Eugène), 1855.

(Envoi n° 1.)

Soumission des tribus du NORD de la HODNA, en
1849. Les Indigènes remettent un cheval de GADA au
colonel DAUMAS.

Haut., 1 m. 96 c. — Larg., 2 m. 88 c.

Beaucoup de personnages bien groupés. Couleur qui charme
et, comme toujours, grande habileté.

(*Offert à la Bibliothèque-Musée.*)

2. — MOREL-FATIO.

(Envoi n° 2.)

Tempête dans le port d'ALGER, en 1835.

Haut., 1 m. 28 c. — Larg., 1 m. 94 c.

n'en existait pas alors, et c'est très-probablement aujourd'hui,
novembre 1875, le seul qui se trouve être imprimé. Autant dire
que nous lui souhaitons de ne pas conserver plus longtemps toute
responsabilité. Il a été rédigé en collaboration de notre excellent
ami, M. LIOGIER, professeur du dessin du Lycée, et d'après les indi-
cations très-précises des registres de la Société des Beaux-Arts elle-
même.

Après informations, nous croyons pouvoir assurer qu'il n'a pas
été fait de nouvel envoi, depuis.

Dans la pensée de donner au moins une idée de l'intérêt que
comporte chaque ouvrage, il était indispensable de laisser subsister
quelques notes prises en temps et lieu.

Navire en détresse; des barques viennent se briser contre la berge. Très-mouvementé. Toile largement peinte et d'un bel effet.

(Offert à la Bibliothèque-Musée.)

3. — RONOT, 1853.

(Envoi n° 3.)

Soumission des révoltés du Caire, au général BONA-PARTE, le 22 octobre 1798.

Haut., 2 m. 57 c. — Larg., 3 m. 46 c.

Excellent tableau. Composition digne du grand DAVID et peinture comme on en fait peu.

(Offert à la Bibliothèque-Musée.)

4. — COUVERCHEL (Alfred), 1863.

(Envoi n° 4.)

Prise de l'agitateur MOHAMMED-BEN-ABDALLAH par SI-BEN-BEKER-BEN-HAMZA, dans les dunes sablo-neuses du midi d'OUARGLA.

Haut., 4 m. 64 c. — Larg., 9 m. 70 c.

Toile de grande dimension renfermant beaucoup d'unité, en même temps que beaucoup d'action. Cavaliers nombreux, groupés avec art et bien étudiés. Détails soignés et intéres-sants.

(Offert à la Commune.)

5. — TABAR.

(Envoi n° 5.)

Mosquée, à Constantinople.

Haut., 0 m. 91 c. — Larg., 0 m. 70 c.

Peint dans une gamme grise. Couleur générale assez uniforme, mais très-juste dans ses rapports. Petits personnages bien dessinés.

(Offert à la Commune.)

6. — LEFEBVRE (Charles), 1859.

(Envoi n° 6.)

Débarquement de SAINT LOUIS à DAMIETTE.

Haut., 3 m. 07 c. — Larg., 2 m. 34 c.

Bon tableau de musée. Il eut également pu figurer d'une manière avantageuse dans une église. Le style correct et sévère se trouve parfaitement en harmonie avec le sujet.

(Offert à la Bibliothèque-Musée.)

7. — VAN ELVEN.

(Envoi n° 7.)

Place St-Marc, à Venise.

Haut., 2 m. 23 c. — Larg., 4 m.

Une grande poésie. Joli effet de soleil couchant sur le haut du palais; le restant du tableau est imprégné d'un air doux et mystérieux. Ce n'est pas encore l'heure des sérénades, mais c'est bien le moment où les gondoles commencent à sillonner l'Adriatique.

(Offert à la Commune.)

8. — HUBERT-ROBERT.

(Envoi n° 8.)

Arc de triomphe en ruines.

Haut., 0 m. 24 c. — Larg., 0 m. 19 c.

Ils sont probablement assez rares de cette dimension. Celui-ci est charmant; jour sans convention, grande souplesse de facture, aucune exagération architecturale.

> *(Provient du Louvre, et a été remis à la commune d'Alger par procès-verbal du 12 juin 1873, en exécution du contrat, sous-seing privé, passé avec la Société des Beaux-Arts, le 12 janvier 1873. Enregistré.)*

9. — COURT (Joseph-Désiré).

(Envoi n° 8.)

Portrait en pied du maréchal VALLÉE.

Haut., 2 m. 18 c. — Larg., 1 m. 43 c.

La tête, d'une belle physionomie, et la main droite dégantée sont fort bien traitées. L'artiste n'en a pas moins soigné les accessoires.

> *(Remis à la Commune par procès-verbal du 12 juin 1873, en exécution du contrat, sous-seing privé, passé avec la Société des Beaux-Arts, le 12 janvier 1873. Enregistré.)*

10. — VIEN.

(Envoi n° 8.)

Départ de PRIAM après la mort d'HECTOR.

Haut., 3 m 24 c. — Larg., 4 m. 25 c.

Grand et beau tableau de musée. Peinture tout à fait d'histoire. Genre entièrement académique.

> *(Provient du Louvre, et a été remis à la commune d'Alger par procès-verbal du 12 juin 1873, en exécution du contrat, sous-seing privé, passé avec la Société des Beaux-Arts, le 12 janvier 1873. Enregistré.)*

11. — DOYEN.

(Envoi n° 8.)

PRIAM aux pieds d'ACHILLE.

Haut., 3 m. 24 c. — Larg., 3 m. 23 c.

Mêmes qualités, même style que le précédent.

> *(Provient du Louvre. et a été remis à la commune d'Alger par procès-verbal du 12 juin 1873, en exécution du contrat, sous-seing privé, passé avec la Société des Beaux-Arts, le 12 janvier 1873. Enregistré.)*

12. — TAUNAY.

(Envoi n° 8.)

Paysage.

Haut., 1 m. 63 c. — Larg., 1 m. 14 c.

Il s'y trouve une femme surprise par un ours; cette composition assez neuve anime un peu le tableau dont l'effet général est plutôt sombre.

> *(Provient du Louvre, et a été remis à la commune d'Alger par procès-verbal du 12 juin 1873, en exécution du contrat, sous-seing privé, passé avec la Société des Beaux-Arts, le 12 janvier 1873.*

13. — BORDONE (Pâris).

(Envoi n° 8.)

Portrait de HIERONYMUS TERRA.

Haut., 1 m. 09 c. — Larg., 0 m. 93 c.

Personnage vêtu de pourpre. Très-beau portrait.

(Provient du Louvre, et a été remis à la commune d'Alger par procès-verbal du 12 juin 1873, en exécution du contrat, sous-seing privé, passé avec la Société des Beaux-Arts, le 12 janvier 1873. Enregistré.)

14. — MONNOYER (Jean-Baptiste), dit BAPTISTE.

(Envoi n° 8.)

Fleurs.

Haut., 1 m. 05 c. — Larg., 1 m. 09 c.

Travail perfectionné et certainement précieux pour les amateurs de ce genre de peinture.

(Provient du Louvre, et a été remis à la commune d'Alger par procès-verbal du 12 juin 1873, en exécution du contrat, sous-seing privé, passé avec la Société des Beaux-Arts, le 12 janvier 1873. Enregistré).

15. — ORTMANS (Auguste), 1869.

(Envoi n° 9.)

Lisière de la forêt de FONTAINEBLEAU.

Haut., 0 m. 60 c. — Larg., 0 m. 98 c.

Petit tableau bien composé. Tons agréablement variés.

(Offert à la Commune.)

16. — COIGNARD (Louis), 1871.

(Envoi n° 9.)

Une clairière.

Haut., 0 m. 36 c. — Larg., 0 m. 55 c.

L'œil peut s'y reposer, on y respire librement.

(Offert à la Commune.)

17. — CASTELLANI.

(Envoi

LES TURCOS à WISSEMBOURG.

Haut., 2 m. 97 c. — Larg., 4 m. 64 c.

Beaucoup d'action. Lumière très-franche. Toile de valeur.

(*Offert à la Commune.*)

18. — ABEL DE PUJOL (M.-G.), 1857.

(Envoi n° 9.)

Peintre du théâtre de Bône.

Vue de BÔNE.

Haut., 0 m. 84 c. — Larg., 1 m. 38 c.

Plage au premier plan, avec des barques; puis, le golfe et la ville. Ciel parsemé de nuages. Disposition générale bien combinée; on reconnaît l'acquis d'un habile décoraleur.

(*Offert à la Commune.*)

19. — VERNET (Horace).

(Envoi spécial.)

Portrait équestre du prince LOUIS-NAPOLÉON, président de la République française (1).

Haut., 3 m. 22 c. — Larg., 2 m. 65 c.

Le président de la république, en uniforme d'officier supérieur de la Garde nationale, parcourt, au galop d'un cheval bai-brun, le plateau de SATORY; le prince est suivi de plusieurs aides de camp, parmi lesquels figure, en première ligne, le général CHANGARNIER.

(1) C'est le portrait signalé page 29.

Ce tableau était autrefois exposé au PALAIS d'été du GOU-
VERNEUR GÉNÉRAL (1) ; pour des raisons qu'il n'y a pas lieu
d'apprécier ici, on a jugé à propos de le déposer ensuite à la
Bibliothèque-Musée qui le garde avec soin, mais où il n'a
jamais figuré dans aucune salle, à cause de l'exiguïté d'emplacement.

Grâce à l'obligeance de M. MAC-CARTHN, conservateur de
cet établissement (2), nous avons pu nous rendre compte de
la valeur de cette toile et de l'état dans lequel elle se
trouve. L'œuvre, nullement endommagée, commençons
par le dire, est bien telle que chacun la suppose, c'est-à-dire
aisément conçue, facilement exécutée ; comme d'habitude,
traitée de main de maître, elle réunit ces qualités si brillantes
qui caratérisent l'auteur de la SMALA et font de lui le peintre
national, par excellence. Ainsi confinée, depuis longtemps,
il semblera, sans doute, très-regrettable qu'elle ne puisse
recevoir définitivement une place digne d'elle. C'est bien certainement l'ouvrage le plus important que le célèbre artiste
ait en Algérie, ou, pour mieux dire, que ce pays, qu'il a tant
illustré, possède officiellement de lui ; on doit donc considérer, comme un devoir, non-seulement de préserver un pareil
travail de toute détérioration, mais aussi de lui choisir un
jour tout à fait en rapport avec son mérite.

(Offert au Gouvernement général de l'Algérie.)

(1) Splendide habitation, sise à MUSTAPHA supérieur. Elle est du
plus beau style MORE ; intérieur, extérieur et parc, la propriété entière tient de la féerie.

(2) Le service de la Bibliothèque-Musée dépend uniquement du
bureau des bibliothèques (Ministère de l'Instruction publique) ; en
ce qui concerne les Beaux-Arts, ceux-ci ne sont administrés ici par
aucun service spécial.

DONS FAITS PAR DES PARTICULIERS

(Ces objets sont placés à la Bibliothèque-Musée.)

PEINTURE

1. — LIOGIER.

MÉLANCHTON pleurant sur les massacres causés par le CHISME de LUTHER ; sa fille cherche à le consoler.

Haut., 1 m. 50 c. — Larg , 90 c.

(A été exposé à Paris, en 1842. Voir le livret du salon.)

Ce groupe, très-heureusement composé, est empreint d'un grand caractère de foi religieuse ; il contient également le parfait rendu d'une expression bien touchante, celle du sentiment paternel en regard du sentiment filial. La lumière bien distribuée est d'une douceur ineffable qui s'harmonise, on ne peut mieux, avec toute la sensibilité d'âme répandue sur cette scène d'intérieur.

(Offert par l'auteur à la Bibliothèque-Musée.)

« . . . . Dans l'espoir que toutes les œuvres d'art,
« appartenant soit au département, soit à la commune,
« seront un jour réunies pour ne former qu'un seul
« musée.»

(Note du donataire.)

Cette note est naturellement relative à tous les dons faits par la même personne.

2. — Le même.

Quatre panneaux décoratifs représéntant FLORE,
POMONE, CÉRÈS et DIANE.

Forme ovale. Haut., 1. m. 30 c. — Larg., 2 m. 50 c.

FLORE est mollement étendue sur un lit de fleurs. Dans le
fond, les montagnes de l'ATLAS faiblement éclairées, ce qui
contraste agréablement avec les tons vigoureux les plus rap-
prochés. POMONE apparaît couronnée de pampres ; figure
majestueuse au milieu d'un paysage également de toute no-
blesse. A l'ombre de ses gerbes récoltées, CÉRÈS, aux cheveux
d'or, cherche un abri contre les rayons d'un soleil trop in-
discret, tandis que DIANE semble venir se reposer quelques
instants, au premier plan, des délices de son cher exercice.
Elle ne pouvait mieux choisir la place et chacun l'en remer-
ciera de tout cœur.

Ces peintures ont été très-vivement et très-justement appré-
ciées, en 1851, par M. TOULOUSE, dit LUXEUIL, qui était alors
rédacteur du journal l'AKHBAR. Exécutées à cette époque,
pour l'Hôtel de la Préfecture, elles y sont restées jusqu'en
1855. Par suite de modifications apportées dans la salle où
elles se trouvaient, elles redevinrent, d'après une nouvelle
convention, la propriété de l'auteur, qui, cédant à de très-
flatteuses sollicitations, les donna plus tard.

(Offert par l'auteur à la Bibliothèque-Musée.)

3. — GREUZE.

Deux beaux dessins au crayon rouge, encadrés sé-
parément ; ils représentent chacun une étude de tête.
L'un de ces dessins, portrait de vieillard, est véritablement superbe et tel que le maître, au talent si
souple et si brillant, se plaisait à en exécuter avec
tant de bonheur.

(Offert par M. LIOGIER à la Bibliothèque-Musée.)

4. LAURET (François).

Petit tableau représentant des ARABES conduisant un troupeau de bœufs et d'ânes.

Le paysage est principalement remarquable.

(Offert par l'auteur à la Bibliothèque-Musée.)

5. — VACHEROT.

Un campement d'ARABES.

Scène intéressante et rendue avec fidélité, dans un cadre restreint.

(Offert par l'auteur à la Bibliothèque-Musée.)

6. — Deux peintures sur pierre assez curieuses et sans nom d'auteur. Ni l'une ni l'autre ne sont sans mérite et elles sont, toutes deux, d'une dimension plutôt grande.

La première représente une grappe de raisin. La seconde une vue quelconque du MIDI de la FRANCE, PROVENCE ou LANGUEDOC. Il est plus que probable qu'elles sont du même auteur et qu'elles ont été données par lui à la Bibliothèque-Musée.

7. — Ouvrons encore un numéro, en supposant la réunion possible de quelques toiles fâcheusement oubliées, de quelques dessins peut-être injustement méconnus. On complèterait sûrement, alors, et pour n'avoir plus à y revenir, jusqu'à nouvel ordre, la liste des objets dignes d'être admis à figurer au musée d'ALGER, tant au nom de généreux artistes qu'en celui d'obligeants amateurs.

Nous n'avons pas mentionné les aquarelles et les sépias, les gravures et les lithographies ; elles nous ont paru, toutes, assez ordinaires. Cependant, il serait facile de les mettre ensemble et de leur accorder, de même, une révision plus attentive.

SCULPTURE

Fragments antiques *provenant de différentes fouilles. Ces fragments sont déposés à la Bibliothèque-Musée.*

1. — Vénus dite de Cherchell.

Torse en marbre.

Sculpture romaine digne de l'art grec. Ce chef-d'œuvre a été moulé pour l'École des Beaux-Arts de Paris (1).

2. — Femme drapée.

Statue en marbre.

Elle est fort belle; malheureusement une partiedu visage n'a pu être retrouvée, mais il serait sans doute possible de compléter, comme cela a été entrepris quelquefois avec succès pour beaucoup d'autres.

(1) Les ateliers de MM. Latour, père, fils et petits-fils, où ce montage important a été exécuté, se trouvent à Alger, 3, rue de l'État-Major.

L'art doit beaucoup à cette famille aussi laborieuse qu'intelligente; fondatrice d'un établissement unique dans la colonie, elle n'a eu à tâche, depuis des années, que de rassembler, à force de recherches souvent pénibles, les spécimens d'ornementation les plus remarquables, se rapportant principalement à l'art more.

Neptune.

Statue en marbre.

Le Dieu de la mer est représenté debout. Le bras et la jambe gauche manquent.

4. — Hermaphrodites.

Groupe en marbre.

La tête, le bras droit et les deux jambes de la figure principale font défaut. Du second personnage , très-petit, il ne reste que le torse.

5. — Une SELLA BALNEARIS de grand intérêt; ainsi qu'un très-beau TOMBEAU trouvé à DELLIS.

6. — DIVERS DÉBRIS REMARQUABLES.

Méritant de faire partie d'une collection de musée, tels que : BAS-RELIEFS, BUSTES, MÉDAILLONS, LAMPES, URNES LACRYMATOIRES , plusieurs ustensiles en bronze, etc., etc.

Le musée s'organisant, les MÉDAILLES et les INSCRIPTIONS n'en resteraient pas moins à la BIBLIOTHÈQUE ; elles lui appartiennent, du reste, et y elles seront toujours le plus avantageusement placées.

Nous engageons vivement les artistes, et principalement MM. les architectes, à visiter ces ateliers, journellement témoins de restaurations parfaites tout autant que d'essais heureux. Si l'art qui a enfanté l'Alhambra doit avoir une renaissance, il la devra bien certainement, en plus grande partie, à MM. LATOUR.

BUSTES MODERNES (1)

*(Ces bustes font partie des envois de l'État. Ils se trouvent
à la Bibliothèque-Musée.)*

1. — Napoléon Ier. Marbre par Chaudet.

Il ornait, autrefois, le Jardin de Marengo. Ce très-beau
buste, plus grand que nature, a été offert à la Commune.
Il en existe, dit-on, une répétition.

2. — Louis-Philippe. Marbre.

*(Donné à la Commune et transféré en 1848, à la Bi-
bliothèque-Musée.)*

3. — Napoléon III. Marbre.

(Offert au Gouvernement général.)

(1) C'est bien à regret que nous ne pouvons faire figurer sur la
liste le buste en bronze du maréchal Pélissier, signé : Crauk, 1870.

Cet ouvrage, où l'on reconnaît le grand savoir et l'extrême habileté du célèbre artiste, se trouve au passage Malakoff. Il a été
commandé par une société particulière, propriétaire de ce passage.

Nous voudrions pouvoir inscrire également sur nos tablettes
le buste en marbre de feu Bresnier, savant professeur de langue
arabe. Ce buste, daté également de 1870, est d'un nommé Bassot;
il appartient aux interprètes militaires, qui l'ayant acquis par
souscription, consentiraient d'autant moins à s'en séparer qu'il
orne la salle même où le célèbre professeur les réunissait comme
élèves.

4. — Le Maréchal CLAUZEL. Plâtre bronzé.

Deux ans après l'installation de la Bibliothèque, cette
œuvre a été remise à l'établissement, fondé par le Maréchal
lui-même, en 1836. Représente-t-elle un cadeau du fonda-
teur ou a-t-elle été envoyée par l'État, c'est ce que nous n'a-
vons pas pu approfondir? Il est probable qu'elle a été offerte
par le Maréchal ; elle constitue donc la seule exception
parmi les envois officiels.

FIN DU CATALOGUE.

P. S. — **1°** *La Vénus de Milo et la Polymnie*, qui figurent
dans le grand salon de la Société des Beaux-Arts, ont été données
à la Société par le Ministère, il y a deux ou trois ans. Elles pro-
viennent des moulages du Louvre. Aucun autre plâtre n'a été en-
voyé par l'État ; il n'y aurait donc rien à revendiquer pour un
musée, en dehors des objets contenus dans le catalogue.

Puisqu'il est question, cette fois encore, de la Société des Beaux-
Arts, les visiteurs feront bien d'aller voir un charmant petit tableau
représentant trois ou quatre jeunes pifferari s'exerçant au jeu dit
de bouchon. Ce petit chef-d'œuvre appartient à la Société ; l'auteur
se nomme KAUFFMANN.

2° Nous devons avouer que nous n'avons jamais pu nous expliquer pourquoi les objets offerts par le Gouvernement étaient remis
tantôt au préfet, tantôt au maire, autrement dit dans quel but on
adressait les envois, un jour à la Bibliothèque-Musée, un autre jour
à la Commune. Adressés à la Bibliothèque-Musée, dépendance du
Ministère, le Gouvernement entendait-il en conserver la propriété,
alors qu'offerts à la Commune il semblait éloigner toute idée de
revendication ?

S'il apparaît là un semblant de confusion, il sera toujours
facile de résoudre le problème par une bonne entente générale.

Tels seraient vraisemblablement, jusqu'ici, les objets d'art destinés, selon nous, à la composition d'un Musée pour la ville d'Alger; mais la principale question relative à ce projet n'ayant pas encore été entièrement réglée, à savoir, où (1) et comment (2) on pourrait aboutir, quant à une installation définitive, il ne nous était donné que d'entreprendre la réunion des matériaux les plus propres à démontrer l'urgence de cet établissement comme à en favoriser la formation. Dans

(1) M. Chassériau, architecte de la ville, a bien voulu nous confier un fort beau lavis représentant un projet de musée pour la localité. — Quel avis plus péremptoire de la nécessité de ce musée ! L'opinion de M. Chassériau serait de bâtir hors de Bab-el-Oued, vis-à-vis même du Lycée. Son projet, minutieusement étudié, comprendrait, dans un seul bâtiment, plusieurs divisions qui pourraient être affectées à divers établissements, également indispensables. Nous tenons le travail à la disposition de toute commission qui désirerait l'examiner.

Alger doit beaucoup au grand talent de M. Chassériau, oncle, entre parenthèse, du peintre regretté, Théodore Chassériau, l'un des brillants élèves de Ingres.

(2) Dans le cas où le plan dont il est parlé rencontrerait des difficultés, on obtiendrait peut-être du Ministère de la Guerre la libre concession de quelque immeuble disponible. Cette générosité permettrait une installation pour ainsi dire immédiate.

la pensée de simplifier les recherches, il a fallu, naturellement, s'enquérir de tout ce qui pouvait exister, puis rassembler et faire un choix. C'est ainsi que, forcément, ont dû être éliminés plusieurs ouvrages d'une médiocrité trop évidente ou d'une détérioration irrémédiable. Le nombre de ceux qui font partie du catalogue ne paraîtra sans doute pas considérable; cependant, il est loisible de remarquer qu'ils offrent bien certainement une très-heureuse compensation, par leur qualité, aux avantages superficiels que pourrait présenter une collection plus nombreuse mais aussi plus mélangée. Ce qui n'est pas non plus sans importance, en pareil cas, leur volume même permet la réalisation d'une salle plus que suffisante. On peut donc commencer déjà, dans la certitude que ce qui est acquis ne doit tendre qu'à s'augmenter.

Le GOUVERNEMENT, en effet, aurait dorénavant un motif encore plus légitime de se montrer prodigue, sachant que ses envois seraient attendus dans un emplacement spécial, tout à fait digne de les recevoir et à jamais assuré. Pour les mêmes raisons, les donataires seraient portés davantage, eux aussi, à faire acte de générosité, et il est à croire que la Société des Beaux-Arts, elle-même, consentirait à joindre sa belle collection particulière à celle d'un musée définitivement organisé. On obtiendrait alors un résultat fort imposant. En attendant, nous espérons que toutes ces suppositions pourront paraître très-admissibles.

Reconnaissons encore combien il serait avantageux de se procurer la série complète des reproductions qui ont été faites d'après les anciens modèles d'ornementation moresque, lesquels sont, du reste, presque tous encore debout, sinon dans toute l'étendue de la colonie, bien certainement sur une grande partie du territoire, principalement à Tlemcen. Ainsi que nous l'avons vu, ces modèles ont été moulés par MM. Latour (1); il serait donc

(1) Voir page 55, au renvoi.

facile de se les procurer et rien ne paraîtrait sans doute plus intéressant, même pour le musée du Louvre, que de les réunir en une salle.

On pourrait également rassembler quelques spécimens curieux, en fait de ciselure et de bijouterie, tant d'ancienne provenance que de fabrication moderne ; ces objets, placés dans une vitrine, contribueraient à donner au visiteur une idée à peu près exacte de l'importance, toute particulière, d'un art qui a marqué brillamment dans l'Histoire et qu'il ne faut pas laisser péricliter.

A ce sujet, cher lecteur, n'allez pas à Alger sans vous faire indiquer la demeure du joaillier Dorez ; cette demeure est un véritable palais enchanté, où toutes les perles de l'Orient semblent s'être donné rendez-vous. C'est là que commande, en maître, un nouveau roi de l'orfévrerie, un second Cellini. M. Dorez, en effet, est un artiste dans la plus grande acception du mot ; tout en conservant au style Arabe la forme typique des anciens modèles, il sait revêtir d'un caractère propre ses armes et ses aiguières, auxquelles il adapte, avec un goût plus sûr, les ornements les plus variés, entremêlés de corail ou rehaussés de pierres précieuses..... rien d'imitation. Ses ravissantes cafetières ne sauraient être comparées qu'à leurs plateaux d'un travail unique, et ses cassolettes, enchâssées de rubis et d'émeraudes, sont bien ce qu'on peut rêver de plus riche et de plus élégant. Mais nous n'en finirions pas avec toutes les merveilles étalées sous nos yeux ; avec les diadèmes et les colliers, les bagues et les ceintures. Toutes ces fantaisies sont d'un haut prix, d'un trèshaut prix. — Hélas ! les coffrets émaillés, pas plus que les éventails, les miroirs ou les flacons, ne peuvent appartenir à toutes les beautés, si parfaites qu'elles soient. C'est décidément leur seul tort.

Il va sans dire que ce paragraphe ne doit pas être considéré comme une réclame plus ou moins convenue ; il ne faut simplement y reconnaître qu'un désir tout naturel de rendre justice, en passant, à un genre de fabrication artistique d'une rare perfection.

Occupons-nous maintenant du Théatre et de la Société de Musique (1).

Le Théatre est un monument entièrement isolé et fort commodément exposé sur une large place à laquelle on arrive par l'une des rues les plus fréquentées. L'extérieur très-élégant et l'intérieur bien aménagé ne laissent rien à désirer sous aucun rapport (2). Mais ceci ne suffit pas, car il en est un peu d'un théâtre comme d'un navire ou d'une voiture, selon l'expression consacrée, il faut qu'il marche ! — Celui-ci marche régulièrement et assez bien, en général. Il est regrettable, cependant, que la subvention allouée par le département

(1) Nous ne parlerons que de cette Société parce que celles de peinture et de sculpture n'offrent qu'un intérêt équivalent.

(2) Le Théâtre a été bâti en collaboration de M. Ponsard, architecte de Toulon, par M. Chassériau, dont nous avons déjà eu l'honneur de parler. La façade est de 30 mètres ; décorée d'un portique percé de sept ouvertures, elle est ornée de colonnes, de mascarons et de statues ; deux foyers, dont un est réservé aux fumeurs, ont vue sur la mer. La salle, primitivement de 1,119 places, a été remaniée, il y a une quinzaine d'années, par MM. Dumay et Bullot ; elle en contient aujourd'hui 1,534.

ne puisse être encore un peu plus élevée. Administrée avec zèle et conscience, comme avec la plus parfaite entente, la localité ne possède malheureusement que des ressources très-limitées.

On a trop parlé des comédiens de province pour qu'il soit nécessaire de dépeindre leur position; disons seulement qu'ils ont à paraître, dans des conditions fort peu avantageuses, devant un public presque toujours assez exigeant, et que la galerie ne leur tient pas suffisamment compte de toute la bonne volonté qu'ils doivent déployer pour affronter des difficultés sans nombre. Pourtant, il serait injuste d'oublier que la COMÉDIE a été fille du peuple avant de devenir grande dame, et nous devons reconnaître que, si elle s'est anoblie ou perfectionnée ceux qui la représentent dans un milieu moins favorisé n'en méritent que d'autant plus l'estime et l'encouragement.

En somme, la saison théâtrale de 1874-1875 (1) a été parcourue avec succès ; une habile direction et une excellente troupe n'ont rien épargné pour faire oublier aux nombreux abonnés Paris absent. Le spectacle était aussi dans la salle, où l'on fêtait tour à tour AUBER, DUMAS fils, ADOLPHE ADAM et SARDOU. Cette salle, toujours émaillée de fraîches toilettes et d'uniformes éclatants, était vraiment éblouissante. On devine aisément le coup d'œil : une ravissante corbeille d'étoffes chatoyantes, de rubans, de bonbons, de camélias et de roses ; puis, comme entourage, un véritable flot mouvant d'é-paulettes scintillantes, d'insignes diamantés, d'ai-guillettes d'or et de gants paille. A minuit, les élégantes remontaient en voiture, les brillants cavaliers escortaient et les aspirants regagnaient leur frégate.

Les INDIGÈNES ne vont pas au théâtre ; leur

---

(1) M. BEN-ABEN, un FRANÇAIS, très-aimable compatriote et excellent baryton, dirigeait le Théâtre à cette époque.

religion, qu'ils observent scrupuleusement, leur interdit toute distraction de ce genre. Le théâtre est un sûr moyen de civilisation qui, malheureusement, nous manquera longtemps.

Quant à la Société de musique, elle a été créée entièrement par la Société des Beaux-Arts, dont elle dépend uniquement (¹). Modeste dans ses visées, elle ne cherche pas à rivaliser avec telle ou telle, et se préoccupe principalement de développer le goût de l'Art dans un cercle essentiellement intime. Les élèves qu'elle forme n'ont, eux-mêmes, en général, d'autre ambition que celle de concourir, par leur talent, au charme de réunions purement familières, composées d'amateurs, en majeure partie; réunions, cependant, très-suivies et toujours intéressantes.

A ce propos, du reste, il est permis de se demander sérieusement qu'elle peut être, en réalité,

____

(1) Page 16. Indication des différents cours.

la distinction à établir entre l'artiste de profession et l'amateur, bien entendu l'amateur de certaine force, l'amateur véritable. — Si celui-là exerce, celui-ci ne pratique-t-il pas ; et, ce qui se rencontre parfois, étant donné le même degré de perfection, n'y a-t-il pas, quelquefois aussi, par conséquent, similitude complète, entre l'un et l'autre. Évidemment, l'artiste de profession est appelé à jouer un rôle plus important ; il se fait applaudir par un public nombreux auquel il communique sa propre flamme, son propre sentiment ; accueilli par de chaleureuses ovations, il voit grandir, de jour en jour, sa réputation, laquelle est définitivement consacrée par une sanction unanime. L'amateur, lui, à de très-rares exceptions, ne recherche aucunement la célébrité ; il n'aspire pas aux lauriers d'une foule enthousiaste et n'a rien à sacrifier aux chances de la renommée. Sachant fort bien qu'il ne doit s'attendre à recevoir que des félicitations assez banales, il se contente, le plus souvent, d'être artiste pour sa satisfaction toute personnelle. Sans cesse, cependant, nous le voyons faire preuve d'une bonne grâce suffisante et sourire même, assez bénévolement, de temps à autre, à quelques applaudissements discrets ; mais, pour cela, sans perdre la mesure. L'approbation d'un érudit ne lui en sera pas moins toujours cher, car, lui aussi, il a ce qui s'appelle le feu sacré. Entre l'un et l'autre, artiste de profession et amateur, on ne saurait donc admettre une différence bien sensible, en dehors de la nécessité reconnue de se produire plus ou moins, eu égard à des raisons tout à fait étrangères, expliquées généralement par le fait de conditions sociales complétement inégales.

Au résumé, ainsi que tout spécialiste utile, l'homme simplement du métier sera toujours très-estimable, mais, en dépit de quelques imperfections, l'artiste vraiment doué, quel qu'il soit, ne cessera de demeurer l'enfant privilégié d'Apollon.

S'il y a des dilettanti dans tous les pays, l'Algérie a l'avantage d'offrir aux siens la variété d'un sentiment qui ne se retrouve nulle part.

Félicien David nous a largement initiés à tout ce que ce sentiment pouvait renfermer de plus séduisant; il a su nous en expliquer la rare originalité, nous en dévoiler l'élévation peu commune; et, si jamais l'Art musical devait faire un grand pas en Orient, la gloire la plus légitime ne saurait en revenir qu'au célèbre auteur du Désert. Dans cette œuvre magistrale, tout a été exprimé avec grâce, ampleur et vérité. Ce n'était pas chose facile, car il s'agissait de représenter l'une des scènes les plus grandioses de la nature, au milieu d'un cadre immense et dans un horizon sans fin; il fallait conserver au sujet une couleur locale, extrêmement particulière, tout en communiquant à chacune de ses parties ce cachet de grandeur qui accompagne toute création durable, cette flamme qui l'anime à tout jamais et dont l'éclat sans pareil prête incessamment aux objets, eux-mêmes, le relief incomparable de la plus noble réalité. Ainsi, se produisent la vie et le mouvement; mais il n'était possible d'atteindre à des résultats si différents que par une puissance d'imagination doublement intense, doublement extraordinaire, et y réussir c'était du génie.

Quant à la musique cultivée par les indigènes, elle est tellement primitive qu'il semble bien difficile de la prendre au sérieux; elle étonne tout au plus, de prime abord, par sa simplicité, et ne manque jamais, ensuite, de provoquer la plus vive impatience, par l'effet que peut produire une mélodie tantôt vague, tantôt discordante, sur un rythme monotone, indéfiniment prolongé. Quoi-qu'il y ait de nombreuses exceptions à bien des règles, il serait fort difficile d'en admettre, ici, quelques-unes.

Nos musiciens, compositeurs ou exécutants, ne peuvent donc espérer rencontrer, ici, un public éclairé bien nombreux; comme dans beaucoup d'endroits moins éloignés, ils ne trouveront, dans la Province d'Alger, d'autres admirateurs du contre point ou du trille, d'autres connaisseurs, d'autres fervents, que quelques professeurs distingués, réunis à un groupe assez restreint d'amateurs sérieux. Si c'est donc uniquement dans le but de chercher fortune, les virtuoses feront bien de ne pas se déplacer ; ceux-ci, d'ailleurs, avec le bon sens le plus absolu, suivent, presque toujours en entier, ou tout au moins sans s'en écarter beaucoup, l'exemple même, offert par les auteurs de leurs thèmes favoris, en s'adressant, de préférence, aux centres les plus importants.

Il n'y a donc rien de bien exceptionnel à acquérir dans ces parages, pour le musicien. Mais, cependant, nous ne saurions oublier que la NATURE tient souvent l'archet; cette grande dispensatrice de toutes les émotions se charge d'exécuter de magnifiques adagio, de délicieux andante et, après avoir préludé majestueusement, elle termine assez fréquemment par de vigoureux finales qui permettent de recueillir, au même point, ces nobles et vivifiantes impressions si bien faites pour entretenir et développer les facultés les plus chères à l'inspiration. C'est quelque chose ; ajoutons que, pour le poëte, c'est l'essentiel.

Bien que ce sujet d'étude soit pour nous très-attrayant, nous pensons avoir exprimé, maintenant, tout ce que nous pouvions avoir à dire, ici, sur la Musique

...Nous n'irons même pas plus loin ; notre tâche, en effet, se trouve entièrement remplie. Toutes les étapes indiquées ont été parcourues successivement et nous achèverons, en remerciant mille fois le lecteur, s'il a eu la bienveillance de nous accompagner jusqu'au bout. Il sait, mieux que personne, combien il eut été facile de prolonger les feuillets

sur un sujet d'art ; et, si cette étude ne nous a sem-
blé comporter que peu de développement, il nous
saura gré, à tous les points de vue, d'avoir abrégé.
Il reconnaîtra, également, que nous avons eu
surtout à cœur d'aborder ouvertement les ques-
tions principales, seules dignes de lui être soumises,
parce qu'elles se rapportent directement à la prospérité même de notre plus belle colonie.

FIN.

Cette seconde édition a été honorée d'une sous-
cription par le Ministère de l'Instruction publique et
des Beaux-Arts. (27 octobre 1876).

TABLE DES MATIÈRES

63 Tours.— Imp. Rouillé-Ladevèze.